달려라 **장편아**

달려라 장편아

이인휘 동화소설

그림 조은

차
례

법천사의 꿈 • 006

소설이네 • 030

고마운 인연 • 054

슬픈 이별 • 082

더 넓은 세상으로 • 100

작가의 말 • 107

법천사의 꿈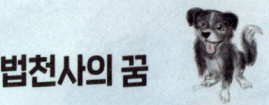

　깊어가는 가을이 안개를 몰고 왔습니다. 새벽마다 짙푸른 눈빛으로 일어나는 부론강에 안개구름이 피어올랐습니다. 안개로 뒤덮인 구름 강이 마을 담벼락을 넘어 도둑눈처럼 스며들었습니다. 도로와 집까지 안개로 점령당한 부론면이 신비스럽습니다.

부론강으로 흘러드는 법천천으로 안개가 거슬러 올라갑니다. 천변에서 너울거리던 수양버들까지 덮어버리며 맹렬하게 올라갑니다. 어디가 길이고 어디가 천변인지 알 수 없도록 함정을 파놓고 질주합니다.

그렇게 기세 좋던 안개가 법천사지 입구에서 당간지주를 만나면 화들짝 놀랍니다. 천하대장군, 지하여장군처럼 마주보고 서 있는 당간지주의 위엄에 눌린 안개들이 사방으로 달아납니다. 옅게 퍼진 안개가 법천사지 안으로 들어와 공손히 엎드립니다.

　동서남북 네 개의 산이 사천왕처럼 호위하고 있는 법천사지 터가 드넓게 펼쳐져 있습니다. 사찰도 없는 평평한 절터가 경전을 펼쳐놓은 것 같습니다. 발굴이 끝난 절터에는 주춧돌만 쌓여 역사의 길처럼 이어져 있습니다.
　아직 발굴의 손길이 닿지 않은 곳은 풀과 꽃과 나무들이 어울려 자연스럽게 자라나 있습니다. 사람도 절도 없으나 시원하게 트인 시야처럼 맑고 청량한 기운이 폐사지에 가득 쌓여 있습니다.

장편이가 폐사지 사잇길로 걸어갑니다. 부리부리한 눈을 번뜩이며 곰 발바닥처럼 꽉 움켜쥐는 발과 힘센 다리를 갖고 있습니다. 태어날 때부터 박치기가 특기인 꼬마 대장 모습입니다. 안개를 말리며 산을 넘어온 햇살이 장편이의 곱슬곱슬한 새까만 털 속에 스며들어 반짝거립니다.

그 멋진 모습으로 펄쩍펄쩍 뛰면 좋은데 장편이의 고개가 맥없이 수그러듭니다. 집에서도 그랬습니다. 마당 옆에 지어 준 크고 예쁜 집에서 벗어나려고 하지 않았습니다. 목소리를 잃어버린 개처럼 짖지도 않았습니다. 집 앞에 앉아 앞산만 하염없이 바라보다가 택배 아저씨 발걸음 소리라도 들리면 허겁지겁 집으로 들어가 죽은 듯이 있었습니다. 얼굴을 처박고 엉덩이만 입구 쪽으로 삐죽 내밀 때마다 택배 기사는 재미있다고 웃었으나 지켜보는 마음은 착잡했습니다.

주춧돌이 쌓여 있는 발굴터 뒤로 오래된 느티나무가 서 있습니다. 늙은 호박의 속을 다 긁어낸 것처럼 나무의 몸통이 텅 비어 있습니다. 몸피에는 상처가 똘똘 뭉쳐 흉측한 옹이 덩어리들이 수없이 박혀 있습니다. 살아 있는 것 자체가 안쓰러운데 오히려 느티나무는 사방으로 가지를 뻗어 수많은 이파리를 달고 있습니다. 주변에 있는 모든 꽃과 나무와 풀에게 어려움이 닥쳐도 두려워 말고 잘 크라며 다독이고 있습니다.
　그런 의연한 느티나무를 장편이는 쳐다보지도 않았습니다. 고개를 돌린 채 인상을 잔뜩 찡그리고 있었습니다. 나무에 다가갈수록 걷는 발걸음도 장터에 팔려가는 소의 걸음처럼 느려졌습니다. 그러다가 산 중턱에 있는 지광국사 현묘탑비로 올라가는 길목에서 갑자기 달리기 시작했습니다. 귀신이라도 본 듯 정신없이 도망치다가 느티나무가 보이지 않는 지점에서 딱 멈춰 섰습니다.

탑비 앞에 올라서니 정화수 같은 바람이 잔잔한 물결처럼 일렁거렸습니다. 지광국사 현묘탑비를 가슴에 품듯 타원형으로 둘러싸고 있는 소나무 숲이 술렁거리자 독경 소리가 바람을 타고 날아왔습니다. 깊어가는 가을 하늘이 바다처럼 푸르른 눈으로 법천사지를 내려다보고 있었습니다.

"이곳이 도솔천이구나."

탑비 위에서 내려다보면 산으로 둘러싸인 법천사지가 신선이 사는 곳 같습니다. 절 입구에서 삿된 것들을 막아주고 있는 당간지주 너머의 산 밑으로 부론강이 흐르고 있습니다. 부론강 건너편으로 산과 산이 이어지면서 부처님 흉상처럼 오갑산이 우뚝 솟아있습니다.

법천사지 위로 독경 소리가 번져나갑니다. 대지 위의 모든 생명이 눈을 뜨고 숨결을 토해냅니다. 맑은 생명의 기운이 아지랑이처럼 법천사지에 가득 차올라 장편이의 눈빛에도 힘찬 기운이 충만해집니다.

"이 순간 여기가 수미산이로구나."

탑비 높은 곳에 있는 문양은 천년 세월을 견디며 흐려졌으나 지광국사의 염원이 새겨져 있었습니다. 탑 이름에 '현묘'라는 글자가 들어가 있듯이 지광국사의 마음은 깊고 깊어서 그 뜻을 헤아릴 수 없이 미묘합니다. 가만히 눈을 감고 탑비 문양 속에 있는 수미산 안으로 들어가 봅니다.

우주의 중심에 있다는 상상의 산인 수미산에서 천사들이 날아다닙니다. 산의 중심에는 용화수 나무가 신비스럽게 자라 있고 양옆으로 달과 태양이 있습니다. 달 속에는 월계수가, 태양 속에는 삼족오가 있어서 용화수를 보좌하고 있습니다.

용화수 아래에서 미륵보살의 법음이 들려옵니다. 탁한 세상을 씻어내는 설법이 해조음처럼 온 산하로 퍼져나갑니다. 탑비 양 측면에 살아 있는 것처럼 정밀하게 조각된 용 네 마리가 여의주를 물고 하늘로 비상합니다.

모든 그림이 미륵 세상을 암시하고 있었습니다. 현세의 부처가 구제하지 못한 중생을 용화수 아래서 성불한 미륵보살이 모든 중생을 깨우쳐 부처가 되도록 한다는 것을 가리키고 있었습니다. 그래서 부처가 된 중생들이 전쟁과 기아와 살인과 탐욕의 마음이 생기지 않는 도솔천이라는 극락세계에서 행복하게 사는 평등한 세상을 예언하고 있었습니다.

"장편이도 그런 세상이 왔으면 좋겠지?"

옆에 앉아 있던 장편이가 일어섭니다. 찬란한 햇빛이 검은 털을 휘감고 윤기를 흘립니다. 아침 산책마다 예불을 드리듯

이 탑비를 돕니다. 칠 개월밖에 안 된 어린 강아지지만 어깨가 딱 벌어진 청년처럼 당당한 모습입니다.

"고맙다, 장편아!"

장편이가 겪었던 참혹한 기억이 물 밖으로 던져진 물고기처럼 생생하게 팔딱거렸습니다. 숨통을 옥죄던 지난 시간이 닥쳐오자 숨이 가빠졌습니다. 탁하게 차오르는 숨을 가만히 내뿜고 법천사지의 기운을 들이켜며 장편이를 따라서 탑비를 돕니다.

탑비 앞에 탑이 있던 자리가 텅 비어 있습니다. 일제강점기 때 일본인이 반출한 것을 돌려받았으나 경복궁에 앉혀져 돌아오지 못했습니다. 6·25전쟁 때 몸 한쪽이 부서지기도 했고 세월의 풍파에 시달려 지금은 대전에서 전면 보수를 하고 있습니다.

　지광국사현묘탑은 우리나라에서 가장 화려하고 아름다운 탑으로 국보 101호입니다. 불교예술의 백미로 꼽히는 탑이 돌아오길 기다리며 국보 59호인 탑비는 백 년의 세월을 한결같이 애태우고 있었습니다.

탑비는 거북 받침돌 위에 세워져 있습니다. 거북 등이 탑비의 한이 맺힌 눈물을 닦아주며 쓰러지지 않도록 중심을 잡아주고 있습니다. 몸은 거북 형상인데 얼굴은 용의 모습이었습니다.

마귀를 밟고 있는 사천왕의 눈처럼 이글거리는 눈. 다른 탑비의 받침돌에서는 볼 수 없는 창날처럼 날카롭고 견고한 턱받이 수염. 이빨을 다 드러낸 채 금방이라도 불을 뿜어댈 것 같이 커다랗게 벌리고 있는 입. 육각형의 거북 등껍질마다 '왕王' 자를 새긴 갑옷을 입고 탑비를 제자리에 갖다 놓으려며 형형한 눈빛을 쏘아대고 있었습니다.

"컹컹컹컹, 커엉!"

탑비와 빈 탑을 한 바퀴 돈 장편이가 법천사지 하늘을 향해 짖어댔습니다. 그 소리가 설움에 가득 찬 긴 여운을 남기며 진리가 샘처럼 흐른다는 법천사지의 하늘로 퍼져나갔습니다. 잔잔하던 바람이 울음소리에 놀라 솔숲을 크게 흔들었습니다. 경전의 책장을 넘기듯 장편이의 소리가 대지 위를 구르자 모든 생명이 슬픔에 젖어들었습니다.

"미안하다, 장편아."

탑비 앞 축대에 걸터앉아 장편이를 불렀습니다. 장편이가 고개를 숙인 채 걸어와 옆에 앉았습니다. 시련을 겪은 아이가 훌쩍 성장하듯 장편이는 이미 모든 것을 다 아는 듯했습니다.

"괜찮아, 다시는 그 어떤 상처도 받지 않게 해줄게!"

장편이의 머리를 쓰다듬었습니다. 격앙돼 있던 장편이의 얼굴이 부드러워지면서 품 안으로 들어옵니다. 장편이를 무릎에 엎드리게 하고 위무하듯 쓰다듬었습니다. 어느새 장편이는 어리고 순한 강아지로 돌아와 눈을 가물거렸습니다.

하늘빛이 웅숭깊어집니다. 맞은편 산 위로 올라오는 뭉게구름이 슬픈 기억까지 피워 올립니다. 파도의 흰 거품 같은 구름이 끔찍했던 순간들을 그리며 파란 하늘로 끊임없이 번져 나갔습니다.

소설이네

강아지 꼬리처럼 보드라운 버들강아지가 잔설을 쓸고 봄의 눈을 틔웠습니다. 실눈을 뜬 연둣빛들이 숲에서 아른거립니다. 포근한 햇살이 대지를 따뜻하게 감싸자 겨울잠에서 깨어난 것들이 기지개를 켜고 우렁우렁 소리를 지릅니다. 아침마다 산과 들과 강이 힘찬 기운으로 하루를 활짝 열어젖힙니다.

부론강을 따라서 순한 능선을 가진 산들이 이어져 있습니다. 휘뚤휘뚤 굽어진 산길을 승용차가 천천히 움직이면 강바람, 산바람이 차창 안으로 넘실넘실 들어옵니다.

새로 생긴 법천사지 작업실로 가는 길이 매일 새롭습니다. 관덕마을에서 금박길을 스쳐 좀재마을 지나 산수골을 지나가면 부론면 중심가로 들어가는 작은 다리 밑으로 법천천이 흐릅니다. 산과 들과 강과 하늘을 볼 수 있는 풍경이 늘 다른 빛깔로 아름다워 감탄사를 터트립니다.

법천사지로 들어서면 마음이 정갈해집니다. 몸이 반듯하게 펴지고 사사로운 잡념들이 청량한 기운에 떠밀려 사라집니다. 작업실 책상에 앉아 거실 밖을 내다보면 경전 같은 법천사지 터 위로 활자들이 떠올랐습니다.

법천사지가 마법을 부리는 것 같았습니다. 밤새 기다렸다는 듯이 전날 남겨두었던 이야기들이 새로운 이야기까지 불러들입니다. 작업실이 이야기 세계로 빼곡히 들어찹니다.

얼마 전까지 법천사지 터에는 사람들이 살고 있었습니다. 옛 절터가 발굴되면서 사람들이 이주비를 받고 떠났습니다. 작업실은 그들이 남겨 놓은 집 한 채를 보수해서 부론에 사는 작가들의 집으로 만들어놓은 겁니다.

작업실로 들어가는 입구 오른쪽 언덕에 폐가가 한 채 있습니다. 산 밑에 바짝 붙어 있는 그곳은 공교롭게도 사유지였습니다. 마을이 없어지자 임대를 살던 사람도 떠나버려 폐가가 됐지만 개인 사유지라 철거를 못 하고 있었습니다.

입구에 자두나무 몇 그루와 대추나무가 있으나 돌봄을 못 받아 시들합니다. 그나마 폐가로 올라가는 언덕길 중간에 서 있는 아름드리 은행나무가 폐가를 지켜주고 있었습니다.

일주일쯤 지난 어느 날 점심을 먹고 산책을 하다가 들어오는 길이었습니다. 폐가가 있는 언덕 한쪽 모서리 끝에 하얀 개가 한 마리 엎드려 있었습니다. 하얀 털이 치렁치렁 흘러내린 스피츠 종이었습니다. 인기척을 느낀 개도 게슴츠레 감고 있던 눈을 살짝 열고 나를 쳐다봤습니다.
　관심을 주지 않았습니다. 버려진 개라는 것을 한눈에 알 수 있었습니다. 눈빛이 맑고 얼굴도 잘생겼으나 털이 부스스하고 때가 껴 있었습니다. 놈도 내게 관심이 없는지 이내 눈을 감아버렸습니다.

삼월이 시작될 무렵이었습니다. 작업실 밖에서 개 짖는 소리가 가끔씩 들려왔습니다. 며칠 후 산책하고 들어오다가 불현듯 폐가가 눈에 쑥 들어와 어떤 집인지 궁금했습니다. 작업실 들어가는 길목에서 오른쪽으로 꺾어져 야트막한 언덕길을 올랐습니다. 은행나무 뒤 언덕 위에 엎드려 있던 스피츠가 실눈을 뜨고 지켜보고 있었습니다. 길바닥에는 은행이 알알이 박혀 썩어가고 있었습니다. 언덕으로 올라서자 스피츠도 일어나 경계를 했으나 짖지는 않았습니다.

'ㄷ' 자로 지은 흙집이었습니다. 시멘트로 외관을 발랐으나 여기저기 떨어져 나가 마른 흙이 누런 메주처럼 돋아나 있었습니다. 마당에는 잡다한 집기들이 널려있었고 방마다 썩어가는 물건들이 쌓여 있었습니다. 집주인이 몸만 빠져나간 듯 집안은 난장판이었습니다. 그때 어디선가 실낱같은 신음이 들려왔습니다.

듣지 말아야 했습니다. 바람에 스치는 나뭇잎 소리라고 무시해야 했습니다. 집주인과 동고동락했던 버려진 집기들을 위무하듯 따뜻한 햇볕이 내리쬐고 있는데 신음이 다시 들려왔습니다. 본능적으로 소리가 나는 곳으로 고개를 돌렸습니다. 그러자 쓰러진 나무들이 얽히고설켜 작은 나무 동굴처럼 만들어놓은 구석에 뭔가가 보였습니다.

허리를 숙여 안을 들여다보았습니다. 강아지 두 마리였습니다. 얼굴도 안 보이는 두 마리의 강아지가 굼벵이처럼 몸을 웅크린 채 추위를 떨쳐내듯 서로의 체온에 의지하고 있었습니다.

가슴이 철렁 내려앉았습니다. 강아지들은 숨이 멈춘 것처럼 미동도 없었습니다. 마당에서 긴 나뭇가지를 주워서 조심스럽게 강아지 한 마리를 툭 건드려봤습니다. 그러자 한 녀석이 꿈틀거리며 다른 녀석에게 착 달라붙었습니다.

살아 있구나, 하는 안도의 한숨과 함께 이걸 어떻게 해야 하지, 라는 불안이 스쳤습니다.

어느새 서너 걸음 거리 앞으로 다가와 있던 스피츠가 나를 훑어보고 있었습니다. 스피츠의 까맣게 반짝이는 애잔한 눈빛과 홀쭉해진 몸이 도움을 요청하는 듯했습니다. 폐허로 변한 마당은 음산한 느낌마저 들었습니다.

"어떻게든 살아가겠지…"

생명을 거두려면 책임을 져야 하는데 자신이 없었습니다. 한 마리도 아니고 어미까지 세 마리를 책임져야 한다는 게 버겁게 느껴졌습니다. 스피츠의 눈을 외면한 채 마당 밖으로 걸어 나왔습니다. 빈 밥그릇, 버려진 밥솥, 부러진 쇠스랑들이 달그락거리며 발길에 차였습니다. 전기는 끊기고 수도꼭지에서 물도 나오지 않았습니다. 한숨이 나오고 걱정은 산만큼 부풀어 올랐습니다.

은행나무를 지나쳐 내려오다가 결국 몸을 돌리고 말았습니다. 그러자 버려진 것들이 서럽게 울어댔습니다. 땅속에 알알이 박혀 썩어가는 은행 열매가 발바닥 아래에서 비명을 질렀습니다. 텃밭 고랑에 씌워졌던 비닐은 갈기갈기 찢긴 채 펄럭거렸습니다. 뚜껑이 녹슨 밥솥, 땅바닥에 쑤셔 박힌 숟가락, 젓가락, 밥그릇들이 허기져 숨이 넘어가고 있었습니다.

몇 걸음 올라가자 언덕에 배를 깔고 누웠던 스피츠가 몸을 일으켰습니다. 맑고 고요한 물에 번지는 파문처럼 개의 눈빛 속에서 어떤 간절함이 파랗게 일렁였습니다. 짖지도 않고 가만히 나를 지켜보는 애틋한 눈빛이 어깨를 점점 짓눌러 마음이 무거워졌습니다.

 나무 동굴 속으로 다시 다가가니 하얀 털, 검은 털을 가진 두 마리의 강아지가 일어나 있었습니다. 눈도 뜨지 못한 강아지들의 여리여리한 연분홍 코가 실룩거리자 나도 모르게 미소가 지어졌습니다. 서로 부딪히며 쓰러지고 일어나고 낑낑거리는 모습이 시름에 잠겼던 내 눈썹을 부드럽게 내려 앉혔습니다.

불쑥 안아 보고 싶은 충동으로 손을 내밀다가 고개를 돌렸습니다. 스피츠가 옆에서 지켜보고 있었습니다. 칭얼거리는 강아지들 소리가 어미를 찾는 것 같아 서너 발자국 뒤로 물러섰습니다.

 어미가 강아지들 곁으로 다가갑니다. 강아지들도 꼬물꼬물 기어 나와 어미 발아래로 들어갔습니다. 그때야 축축 늘어져 바짝 마른 어미젖이 눈에 들어왔습니다. 털에 가려져 있던 몸은 삐쩍 말라서 갈비뼈 마디마디가 튀어나올 것만 같았습니다.

 폐허가 된 집 구석구석을 뒤져 먹을 것을 찾았습니다. 다행히 방구석에 둘둘 말려 있는 사료 포대가 있었습니다. 입구를 열어서 사료를 한 주먹 꺼내보니 썩은 것 같지는 않았습니다. 마당에 굴러다니는 그릇을 주워 흙을 털어냈습니다. 사료를 담아 어미 앞에 갖다 놓았습니다. 어미의 눈에 생기가 반짝 돌았습니다. 나를 쳐다보며 머뭇거립니다. 나는 어미의 곁에서 살짝 뒤로 비켜섰습니다.

젖을 물고 있는 강아지들도 아랑곳하지 않고 어미가 정신없이 사료를 먹어댔습니다. 목이 멜까 봐 걱정돼 물을 찾았으나 없었습니다. 그릇 하나를 들고 작업실로 내려가 물을 떠다 줬습니다. 깨끗이 사료를 비운 어미가 붉은 혀로 찰싹찰싹 물을 말아가며 마십니다. 강아지들은 젖을 문 채 대롱대롱 매달려 어미의 움직임을 따라 귀여운 발을 질질 끌고 다닙니다.

"그래, 살아 있는 생명인데 살려야겠지. 밥이라도 챙겨주자."

작업실 마당으로 돌아와 법천사지 터를 가만히 바라봤습니다. 오만여 평의 드넓은 터 위로 세상에서 가장 아름다운 연둣빛 새순이 모든 나무에서 솟아나 생명의 기운을 뿜어냅니다. 밥 짓는 굴뚝 연기처럼 피어난 생명의 기운 사이를 까망이, 하양이 두 강아지가 아른아른 기어다닙니다.

소설이네 43

불교에서 존재하는 모든 것들은 인연으로 만들어지고 인연으로 사라진다고 했습니다. 인연은 스치기만 해도 만들어진다고 했습니다. 잘못 만들어진 인연은 전생의 업이 되어 후생의 삶에 나쁜 영향을 끼친다고 합니다. 도대체 강아지들과 나의 인연은 어떻게 생겨났고 어떻게 이어질 것인지 알 수가 없었습니다.

밥을 주면서 인연은 시작됐습니다. 작업실로 출근하면 어미 사료부터 챙겼습니다. 매일 물도 갈아주고 강아지들을 들여다봤습니다. 어미는 여전히 경계를 풀지 않고 두어 걸음쯤 거리를 유지한 채 나를 지켜봤습니다. 그러던 어느 날 아침 또다시 하양이, 까망이가 나무 터널 밖으로 나와 있는 것을 보며 감탄사를 터트렸습니다.

강아지들은 털 모양부터 어미와 달랐습니다. 어미를 쫓아다니던 곱슬곱슬한 털을 가진 강아지 두 마리가 나를 보자 딱 멈추고 고개를 쳐들었습니다. 활짝 눈을 뜬 동글동글한 눈빛 네 개가 나를 향하자 웃음이 튀어나왔습니다.

"아이고, 요놈들!"

강아지들 앞에 쭈그려 앉았습니다. 꼬맹이들이 천진난만하게 웃는 얼굴로 뒤뚱거리며 다가왔습니다. 양팔로 두 마리를 안고 한 마리씩 얼굴을 들여다봤습니다.

강아지들도 나를 바라보면서 손톱만 한 붉은 혀로 얼굴을 핥으려고 합니다. 어미가 나와 강아지들의 첫 접촉을 순한 눈으로 지켜보고 있었습니다.

작업실로 나오는 일이 즐거워졌습니다. 생각으로 꽉 차 일그러졌던 머릿속이 강아지들의 귀여운 재롱으로 밝아졌습니다. 어미는 곁을 주지 않았으나 경계는 많이 푼 눈빛이었습니다.

날이 따뜻해질수록 들판의 풀빛도 깊어졌습니다. 밤톨보다 작은 나뭇잎들도 부쩍 커져서 법천사지를 둘러싸고 있는 산들은 연둣빛으로 출렁거렸습니다.

작업실 입구에 승용차가 들어설 때마다 언덕에 엎드려 있던 어미가 일어납니다. 출근을 기다리고 있었다는 듯이 길게 하품을 하면서 앞다리를 쭉 뻗고 기지개도 켭니다. 입구에 차를 세워두고 폐가로 올라가면 어미도 폐가 안쪽에 있는 밥그릇 쪽으로 이동합니다. 그러면 강아지들이 펄쩍펄쩍 마당 앞으로 뛰어나옵니다.

"야, 이놈들아, 밥 먹자!"

 눈도 제대로 못 뜨고 뒤뚱거리던 놈들이 펄쩍펄쩍 뛸 때마다 내 마음도 기뻐서 펄럭입니다. 젖만 늘어지게 붙들고 있던 놈들이 서서히 어미 밥그릇도 넘겨다봅니다. 밥그릇 속에 고개를 넣으려고 안간힘을 쓰다가 성공을 하면 내가 신이 나서 손뼉을 칩니다.
 낑낑거리던 목소리가 컹컹 소리를 내고 종종거리던 발걸음이 깡충거리는 토끼처럼 빨라집니다. 사료를 깨무는 소리가 우렁차고 남매의 다투는 몸짓도 커졌습니다. 하양이는 암컷이고 까망이는 수컷입니다. 까망이는 점점 아기 곰을 닮아 갔고 하양이는 수줍음을 많이 타는 아기 숙녀처럼 커갔습니다.
 강아지들을 볼 때마다 딸이 커가던 모습이 자주 떠올랐습니다. 동물을 유난히 좋아하는 딸에게 보여주고 싶어 강아지들의 동영상을 찍어 가족 대화방에 올렸습니다. 아내와 딸이 귀엽다고 난리를 칩니다. 즐거운 수다가 대화방에서 꽃무리로 피어납니다.

"아빠, 아이들 통조림 보내줄게"

엄마도 아이들도 잘 먹여야 한다며 딸은 기쁨으로 들떴습니다.

"근데 걔네 이름이 뭐야?"

딸이 갑자기 물었습니다. 그때야 강아지들에게 이름도 안 지어줬다는 사실을 깨닫고 당황했습니다.

"아빠, 아직도 아이들 이름 안 지어줬지?"

"그냥 까망이, 하양이라고 부르는데…"

"사랑스러운 아이들에게 그게 뭐야, 아빠!"

"그건 아빠가 좀 너무했네. 소설가면서도 이름도 안 붙여주고."

엄마가 거들자 딸이 다시 말을 이어갔습니다.

"그래, 아빠가 소설가니까, 이거 어때? 소설이네 가족!"

"소설이네 가족?"

"하양이는 약하고 까망이는 힘이 세지?"

"잘 봤네. 까망이는 천방지축 아기 곰 같고, 하양이는 부끄러움을 많이 타는 소녀 같지."

"그러니까 지구력이 좋아 보이는 까망이는 장편이, 하양이는 멀리 달리지는 못하지만 예쁘고 감성적으로 생겼으니까 단편이로 부르면 어때?"
"오, 근사한데!"
아내가 딸의 말에 박자를 맞추며 감탄했습니다.
"그리고 엄마는 소설이라고 부르면 소설이네 가족이 되는 거잖아, 어때?"
"와, 우리 딸, 기발하다, 기발해!"

한순간에 소설이네 가족이 탄생했습니다. 며칠 후 딸이 보내온 통조림을 신바람이 나서 작업실로 가지고 갔습니다. 차를 본 소설이가 일어나자 엄마 곁에서 얼쩡거리던 단편이와 장편이가 쏜살같이 언덕 밑으로 달려옵니다. 치켜든 꼬리를 흔들면서 두 귀를 바짝 세우고 누가 이기나 경쟁하듯 초록 풀숲을 헤치고 까만빛과 하얀빛으로 눈부시게 달려옵니다.

"에구구, 이놈들아!"

힘이 좋은 장편이는 펄쩍 뛰어 내 무릎 위까지 두 발을 얹고 안아달라고 합니다. 단편이도 질세라 바지 끄덩이를 할퀴며 아양을 떱니다.

"가자! 오늘은 특식이다!"

통조림 세 개를 땄습니다. 냄새를 맡은 강아지들이 환장하게 날뜁니다. 사료 대신 통조림을 넣어주자 강아지들이 밥그릇에 코를 박은 채 숨도 안 쉬며 맛있게 먹어댑니다.
소설이가 아이들 틈 속에서 몇 번 먹다가 슬그머니 뒤로 물러섭니다. 새끼들 먹는 걸 바라보면서 가끔 입맛만 다십니다. 역시 엄마는 엄마였습니다. 통조림을 같이 줘서는 안 될 것 같아 한 통을 더 따서 소설이를 불렀습니다. 여전히 곁을 주지 않아 통조림을 놓고 비켜주니 맛있게 싹싹 핥아먹었습니다.

매일 동영상을 찍어 대화방에 올렸습니다. 출근할 때마다 달려오는 강아지들의 모습은 하양과 검정이 조화롭게 하늘을 날아오는 듯 환상적입니다. 강아지들은 우리 가족이 주는 것보다도 더 많은 것들을 선물했습니다. 감탄과 웃음과 즐거운 수다를 주면서 온 가족이 따뜻한 마음을 나눌 수 있게 만들어 줬습니다.

고마운 인연

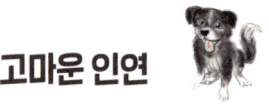

강아지들은 탈 없이 무럭무럭 잘 자랐습니다. 아침마다 사료를 주면서 즐겁게 같이 놀기도 했습니다. 그러던 어느 날 작업에 몰두하다가 어이없는 실수를 저질렀습니다. 작업이 잘되다 보니 집에 돌아와서도 밤늦게까지 글을 이어서 쓴 탓이었습니다.

새벽에 잠들어서 늦게 일어났더니 금방이라도 비가 올 듯이 창밖이 어두웠습니다. 텔레비전에서 비가 올 거라는 일기예보가 나오자 생각이 온통 텃밭으로 향했습니다. 가뭄이 계속되고 있던 터라 부랴부랴 텃밭을 손질하고 친환경 비료를 뿌려줬습니다.

정신없이 바쁘게 텃밭을 정리하고 늦은 점심을 먹기 위해 아내와 이십여 분 되는 거리에 있는 음식점을 찾아갔습니다. 밥을 반쯤 먹었을 때 돌을 씹은 듯 아이들 사료를 주지 않았다는 사실이 퍼뜩 떠올라 숟가락을 놨습니다.

"이런! 사료 주는 걸 잊어버렸네."

"어머, 어떻게 해. 애들이 쫄쫄 굶고 있겠네…"

아내가 걱정스러운 표정으로 숟가락질을 멈췄습니다.

"얼른 먹고 가자."

"웬만큼 먹었으니까 그냥 가. 걔들 얼마나 배고프겠어?"

"밥 다 먹고 가도 몇 분 차이 안 나."

"그럼 먹고 나와. 난 밥 생각 없어졌어…"

아내가 일어서니 할 수 없이 나도 따라서 일어났습니다. 어처구니없는 실수로 식사를 망쳤다는 기분이 들어 언짢았습니다.

아내를 집에 데려다주고 자동차 속도를 높여 법천사지로 달려갔습니다. 차가 작업실 입구로 들어가자 소설이네 식구가 우르르 몰려나왔습니다. 단편이와 장편이가 왜 이제 왔냐는 듯 바지를 긁고 물고 야단법석입니다.

"놔, 새깽이들아! 너희 때문에 밥도 다 못 먹고 왔다."

공연히 아이들에게 툴툴거리며 사료 있는 곳으로 갔습니다. 아이고, 맙소사! 이게 무슨 일입니까. 사료 봉투가 텅텅 비어 있었습니다. 소설 작업에 집중하느라고 아이들에게 소홀했던 게 들통나버렸습니다.

황급히 농협으로 차를 몰아 사료를 사갖고 왔습니다. 단편이가 징징거리고 장편이는 곰 같은 머리로 내 다리를 박아대면서 빨리 밥 내놓으라고 졸라댔습니다. 연두에서 초록빛으로 변해가는 나뭇잎들이 웃으며 살랑거렸습니다. 소설이는 늘 그랬듯이 의연한 모습으로 우리를 지켜보며 맑은 눈빛을 보내고 있었습니다.

맛있게 밥을 먹는 아이들을 보자 마음이 편해졌습니다. 은행나무 그늘 아래서 이마에 맺은 땀을 식히며 들판과 산을 바라봤습니다. 봉우리가 터진 산벚꽃 나무들과 초록빛으로 깊어가는 나무들이 어울려 브로콜리 동산처럼 알록달록합니다. 차에 시동을 걸자 밥을 먹던 놈들이 모두 고개를 돌립니다.

"많이 먹고 씩씩하게 자라라, 요놈들아!"

차창 밖으로 손을 흔들자 장편이가 용맹스러운 말의 갈퀴처럼 두 귀를 흔들며 달려 내려왔습니다. 할 수 없이 나는 차에서 내렸습니다. 쏜살같이 달려온 장편이가 펄쩍 품 안으로 뛰어들었습니다.

"멋진 놈!"

장편이를 가슴에 안고 머리를 쓰다듬었습니다. 뜀박질한 가슴이 펄떡펄떡 뛰고 있었습니다. 부리부리한 눈알을 굴리며 장군처럼 으쓱해 하는 모습이 귀여워 입맞춤도 해줬습니다. 장편이도 조막만 한 혀를 내밀어 내 손을 핥고 용트림을 했습니다.

"자, 얼른 가서 밥 먹으렴."

장편이를 내려놓고 엉덩이를 손으로 툭툭 쳤습니다. 헤어지기 싫은 듯 어슬렁거리며 자꾸 뒤를 돌아봅니다. 쳐다보면 다시 달려들까 봐 무심한 척 차에 올라타 서서히 차를 움직입니다. 아쉬워 심술이 난 듯 장편이의 토실토실한 엉덩이가 씰룩거리며 언덕으로 올라갑니다.

법천사지를 나와 부론강 변을 따라서 천천히 차를 몰았습니다. 진달래와 개나리가 진 산길 숲에 꼬리조팝나무들이 하얗게 팡팡 꽃을 터트리고 있었습니다. 회색 구름과 하양 구름은 구름대로 파란 강물은 강물대로 평온하게 흘렀습니다. 풍경에 젖은 내 마음도 부드럽게 굽은 산길을 따라 훈풍처럼 흘렀습니다. 그런데 집에 다다를 즈음 어디선가 나타난 검은 연기가 파란 하늘을 어둡게 물들이고 있었습니다.

무슨 연기인가 싶어 하늘을 바라보며 천천히 차를 몰았습니다. 집으로 들어가는 마지막 굽은 길을 돌자 윗집 창고 쪽에서 연기가 치솟고 있었습니다. 가슴이 철렁했습니다. 황급히 차를 몰아 윗집 마당에 세워놓고 밖으로 뛰어나갔습니다. 창고 위쪽에 보일러 연통만 한 구멍 두 개가 뚫려 검은 연기를 콸콸 쏟아내고 있었습니다.

불이 난 게 분명했습니다. 산골 사람들만 이용하는 텅 빈 도로 위에는 새소리만 들릴 뿐 고요했습니다. 나는 윗집 현관으로 달려가 문을 두들겼습니다.

"불났어요, 불!"

초인종을 누르고 문도 두들겼으나 사람이 나오지 않았습니다. 차가 두 대나 집 앞에 주차돼 있는데 이상하다 싶었습니다. 일단 소방서에 신고를 하고 윗집 아주머니에게 전화를 걸었습니다. 다행히 아주머니가 받길래 허겁지겁 말을 꺼냈습니다.

"어디 계세요?"
"집이지, 어디야."
"빨리 나오세요, 불났어요!"
"뭐? 어디에?"
"아주머니 창고에요!"

두 개의 구멍은 이미 큰 구멍으로 변해 꾸역꾸역 무섭게 연기를 뱉어냈습니다. 창고는 집 뒤편을 벽으로 삼아 길게 이어져 있는데 갑자기 뻘건 불길이 천장을 타고 집 뒤로 화르르 옮겨붙었습니다.

집 뒤꼍으로 돌아가는 모퉁이에서 가스통이 섬뜩하게 두 눈을 파고들었습니다. 달려가 가스통을 빼보려고 했으나 분리할 수가 없어서 뒤로 물러섰습니다. 성난 불길은 가스통 위에도 기염을 토해댔습니다.

집 안에서 사람들이 쏟아져 나왔습니다. 형님과 형수님, 그리고 손주 두 명이 나왔습니다. 사람들은 나오자마자 차를 멀찍이 주차해 놓았고 나 역시 그 옆으로 차를 옮겨다 놨습니다.

형수님이 울음을 터트리며 비명을 계속 질러댔습니다. 마을 사람들도 뛰어와 모여들었습니다. 형님이 가스통을 빼내려고 달려갔습니다. 다행히 가스통 줄은 분리했으나 통 자체가 이미 달궈져 있었습니다. 마음이 다급해진 형님이 맨손으로 통을 끌어당기려다가 손에 화상만 입은 채 뒤로 물러섰습니다.

"소방차는 왜 이리 늦는 거야?"

우왕좌왕하는 사람들 사이로 펑! 펑! 소리를 내며 가스통 마개 두 개가 날아올랐습니다. 소리에 깜짝 놀란 사람들이 창고 곁에서 재빠르게 뛰쳐나왔습니다. 뒤꼍으로 옮겨붙은 불이 집을 삼켜버릴 듯 벌건 혀를 날름거렸습니다.

소방차가 오자 마을 남자들은 호스를 잡고 소방관을 도왔습니다. 아주머니들이 가스통에 물부터 뿌리라고 난리를 쳤습니다. 소방관이 가스통에 물을 뿌려 식히자 마을 남자 둘이 달려갔습니다. 가스통을 빼내자 모든 사람이 안도의 숨을 내쉬었습니다.

불은 빠르게 잡혔습니다. 나는 삼십여 분 동안 이리 뛰고 저리 뛰고 소리치느라 지칠 대로 지쳤습니다. 그래도 불이 완전히 잡히는 걸 보고서야 집으로 돌아왔습니다. 그리고 샤워를 했습니다. 찬물이 몸에 닿자 진저리가 쳐졌습니다. 조금 전에 겪었던 일들이 꿈만 같았습니다. 기운이 하나도 없어 대강 몸을 닦고 나와 소파에 앉았습니다. 잠이 밀려들어 끄덕끄덕 졸다가 그대로 잠이 들었습니다.

"삼촌 고마워. 삼촌 아니었으면 우리 식구 다 죽었을 거야."

다음 날 아침 윗집 형님과 형수님이 찾아와 감사의 인사를 전했습니다. 외지에서 들어와 마을 사람들과 잘 어울리지 못해 서먹했는데 인사를 받으니 기분이 좋았습니다.

형수님은 손자들이 와서 노래방 기기를 켜고 노는 데 정신이 팔려 현관 두들기는 소리도 못 들었다고 했습니다. 그분들은 나에게 큰 은혜를 입었다고 몇 번을 되풀이해 고마워했습니다.

"장하네, 이 사람아. 자네 아니었으면 큰일 치를 뻔했어."

동네 분들도 그날 이후 나를 보면 먼저 말을 걸면서 너그럽게 웃어주었습니다. 뜻밖의 일로 마을의 든든한 일원이 된 것 같아 뿌듯했습니다. 싱그럽게 부는 바람도, 짙어 가는 녹음도, 푸르게 흘러가는 강물도 넘실거리며 좋아했습니다. 하얀 목련처럼 피어나는 구름도, 아침이면 마주보는 야트막한 앞산도, 새벽 깨우는 새소리도 잘했어요, 잘했어요, 등을 토닥여주었습니다. 불현듯 이 모든 기쁜 일이 강아지들로부터 생겨났다는 생각이 들었습니다.

만일 강아지들과 인연을 맺지 않았다면 불이 나는 순간을 맞닥트릴 수 있었을까 싶었습니다. 작업실에서 집으로 돌아오면 절대 글을 잡지 않았던 내가 왜 그다음 날 새벽까지 글을 썼는가 싶었습니다. 늦잠을 자고 늘 미루기만 했던 텃밭을 손보느라 강아지 밥 주는 걸 잊어버렸다가 내 밥을 먹는 순간 떠오르지 않았더라면…

만일 아내가 누룽지 밥까지 다 먹고 일어났다면 불은 그 시간만큼 더 탔을 것이고, 어쩌면 나는 불이 나는 것조차 보지 못했을 것입니다. 장편이가 밥 먹다가 달려와 내 품에 안기지 않았더라면 간발의 차이로 불나는 순간을 스치고 지나쳤을지도 모릅니다.

생각이 꼬리를 물며 이어지자 이 모든 순간이 어떤 절대의 힘에 의한 시험 같았습니다. 강아지들의 생존을 외면하지 않은 덕분에 또 다른 생명을 구할 수 있는 순간을 얻었구나 싶었습니다.

"야, 요놈들아, 통조림 먹자."

아침 사료를 주고 점심에도 소설이네한테 갔습니다. 출근할 때와 퇴근할 때 밥만 주면서 잠시 놀았는데 점심때 나타나자 단편이와 장편이가 달라붙어 좋아 죽습니다.

통조림 세 개를 뜯어 각자 하나씩 줬습니다. 늘 그랬듯이 장편이는 순식간에 먹어치우고 어미 곁으로 뛰어가 코를 들이대면서 어미 것까지 뺏어 먹습니다. 장편이에게 밀려난 소설이는 혓바닥을 내밀어 몇 번 입맛을 다시다가 먼 산을 바라봅니다. 장편이는 허겁지겁 어미 것까지 홀라당 해치우고 단편이에게 달려갑니다.

단편이의 통조림을 놓고 장편이와 다툼이 벌어집니다. 깡통을 서로 물고 뺏으며 으르렁거립니다. 소설이는 성급한 장편이가 듬성듬성 남겨 놓은 찌꺼기를 싹싹 핥아먹습니다. 식탐이 많은 장편이가 소설이 모습을 보자 먹을 게 또 있나 싶어 뛰어가 빈 깡통을 뺏습니다.

"그래, 넓은 이 법천사지 터에서 너희랑 나랑 어울렁더울렁 살아 보자."

강아지들이 커갈수록 행동반경도 넓어졌습니다. 폐가 주위만 맴돌던 아이들은 법천사지 넓은 터를 놀이터로 쓰기 시작했습니다. 어느 날 작업실 문을 긁는 소리가 나서 문을 열었더니 장편이가 경중경중하면서 머리를 들이밀었습니다.

"안 돼! 여기는 출입금지야."

발로 장편이의 머리를 막고 밀었습니다. 놈이 용을 쓰며 발 사이로 빠져서 거실로 뛰어들었습니다. 장편이를 잡으려고 쫓으면서 이놈, 이놈, 소리쳤습니다. 문밖에서 얌전하게 지켜 보던 단편이도 현관 안으로 슬쩍 들어왔습니다.

온통 복슬복슬한 하얀 털로 뒤덮인 몸. 까만 코와 새까맣게 반짝거리는 눈동자. 단편이는 우리 모습이 재미있다는 듯 순한 눈빛에 웃음을 담고 있었습니다. 나는 장편이를 밖으로 내쫓고 문을 닫은 뒤 단편이를 쓰다듬었습니다.

"에고, 이쁜 놈."

목을 손가락으로 긁어주자 단편이는 고개를 움츠려 까르륵 웃습니다. 실제 웃음소리야 들리지 않으나 내 귓가에는 단편이 웃음소리로 가득해 나도 웃습니다. 뿔이 난 장편이가 발톱을 세워 문을 긁고 머리로 콩콩대고 있습니다.

고마운 인연

단편이를 안고 문밖으로 나가니 장편이가 막 짖으며 빙글빙글 돕니다. 소설이는 멀찍이 떨어져서 우리가 노는 모습을 지켜보고 있습니다. 초록빛으로 덮인 법천사지가 환하게 웃으며 두 팔을 벌리고 있습니다.

"좋아, 조금만 더 같이 노는 거다."

밖으로 나가자 장편이와 단편이가 신나게 앞질러 달립니다. 여름으로 넘어가는 늦은 봄 햇살이 할머니의 웃음처럼 정겹습니다. 노란 날개를 펄럭거리며 꾀꼬리 두 마리가 탑비가 있는 봉명산으로 날아갑니다.

힘차게 쫓아오던 단편이가 내 발에 걸려 움찔했습니다. 단편이가 손가락 마디만 한 작은 혓바닥을 내밀고 헥헥거립니다. 그 모습이 귀여워 안았습니다. 단편이가 힘든지 새가슴이 콩닥거립니다.

"꼬맹아, 힘드냐?"

단편이의 머리를 쓰다듬는데 갑자기 장편이가 오른쪽 다리를 머리로 들이박았습니다. 돌아보니 눈알을 굴리며 단편이에 대한 시샘을 잔뜩 내고 있었습니다. 그런 장편이가 귀여워 단편이를 내려놓고 놈을 안았습니다. 장편이는 혓바닥으로 애정 표현을 격하게 하다못해 어깨를 살짝살짝 깨물기도 했습니다.

"얌마, 아파! 너도 물려 볼래?"

　장편이의 발가락을 살짝 깨물자 으르릉거립니다. 그 모습이 우스꽝스러워 웃자 단편이가 발 앞에서 살랑살랑 꼬리를 흔듭니다. 눈 밑의 애교살을 잠자리 날개처럼 파르르 떨면서 천진난만한 눈빛으로 바라보고 있습니다. 할 수 없이 두 놈을 양팔에 안고 걸었습니다.

벼락을 맞아 윗부분이 잘려나간 향나무를 지나 축구장처럼 넓은 잔디밭으로 들어갔습니다. 봉명산 언덕 위에서 탑비가 내려다보고 있습니다. 잔디밭 뒤로 금당터를 비롯한 절터 자리의 주춧돌들이 옛사람들의 행적을 떠올리게 합니다. 공양하고, 불경을 읊고, 부처님께 절을 올리고, 소원을 빌러 온 사람들의 정성 지극한 모습이 스쳐 지나갑니다. 주춧돌 사이를 지나자 느티나무가 무성한 잎을 흔들며 그늘을 만들어놓고 있었습니다. 강아지들을 내려놓으니 장편이가 컹컹 짖으며 속이 텅 빈 느티나무 속으로 홀쩍 뛰어들었습니다.

 "겁도 없는 놈. 장편아, 단편아, 너희들도 느티나무처럼 힘차고 당당하게 자라야 한다."

 법천사는 임진왜란으로 소실됐습니다. 느티나무는 폐허가 된 터에서 태생적으로 슬프게 태어난 나무입니다. 전쟁의 상처로 얼룩진 땅 위에서 온몸이 텅텅 비도록 애끊는 슬픔을 이겨내고 자란 나무입니다. 누가 심었는지 알 수 없으나 이 자리는 이름을 알린 많은 문인이 공부했던 곳입니다.

류방선의 가르침으로 한명회, 서거정, 권람이 배출됐고, 임진왜란으로 법천사가 불타자 우담 정시한 선생이 모든 관직을 버리고 들어와 도동서원을 세워 후학을 양성한 곳입니다.

  정시한 선생은 그 시대에 가장 지조 있고 강직한 분으로서 정치가요, 철학자요, 수필가였습니다. 조선 시대 많은 문사가 청렴한 그의 성품을 높이 여기며 존경했던 분이었습니다. 정약용도 부론 현계산에 있는 정시한의 무덤까지 찾아와 자신의 정신적 스승이라고 애통해하며 추모시를 남기기도 했습니다.

조정에서 당파싸움 일삼을 때
오직 세상 영욕 잊으시고
시종 인간의 윤리 중시하셨네
내 여생 본보기 여기 있으니
뉘라서 길 어둡다 한탄하리오

느티나무가 정시한 선생의 곧은 정기를 받아서 죽어가는 몸을 일으켜 살아난 것 같았습니다.

장편이를 따라서 느티나무 안으로 들어가니 단편이도 따라 들어옵니다. 소설이는 입구에서 서서 우리를 지켜봅니다. 한 줄기 해맑은 바람이 느티나무 안으로 들어와 나와 강아지들의 몸에 쌓인 탁한 기운을 씻어주며 허공으로 빠져나갑니다. 편안해진 몸을 나뭇등걸에 기대고 앉으니 두 놈이 양다리 위로 올라와 가슴팍에 얼굴을 묻습니다.

"이 느티나무가 너희를 지켜줄 거란다."

강아지들을 바라보다가 나무 밖 소설이를 쳐다봤습니다. 소설이도 나를 바라보고 있었습니다. 소설이의 눈빛이 영롱합니다. 내 마음이 그 눈빛에 비친 것처럼 맑고 투명하게 빛나고 있었습니다.

나는 두 아이를 품고 느티나무 속에 소망을 가득 채웠습니다. 장편이와 단편이도 주인 없이 폐허가 돼버린 곳에서 태어나 느티나무처럼 태생적 슬픔을 안고 있었습니다. 아이들이 잘 자라게 해달라고 이미 부처가 된 느티나무에게 간절히 기도를 드렸습니다.
 장편이와 단편이가 밖으로 뛰어나갔습니다. 두 놈이 컹컹 짖으며 느티나무를 돌며 장난을 칩니다. 무성한 느티나무 잎 사이로 환한 햇살이 쏟아져 내렸습니다.

슬픈 이별

문장은 마음의 표현이고 삶은 몸의 노래 같았습니다. 다행히 마음이 잘 풀려 글도 잘 쓰고 있었습니다. 소설이네 가족도 우리 가족에게 늘 활력을 주었습니다. 하루가 다르게 장편이의 덩치가 커졌고 단편이도 씩씩해졌습니다. 장편이가 괴롭히면 뒷걸음만 치던 단편이가 이제는 머리를 맞대고 버팁니다. 물론 힘에 밀린 단편이가 엉덩이를 보이고 달아나게 되지만 수줍던 눈에 쌍심지를 세울 줄 알아 흐뭇합니다.

  법천사의 하늘이 자비의 눈길로 부론면의 모든 생명을 내려다봅니다. 숲이 건장한 청년처럼 힘찬 나뭇잎을 매달았습니다. 햇볕과 바람과 비와 농부의 손이 감자꽃을 피워내고 고추와 상추와 쑥갓을 사람들 식탁에 올려주었습니다. 부론강도 모든 생명의 희로애락을 품으며 여유롭게 흘렀습니다. 그렇게 모든 나날이 평온하게 이어질 것만 같았던 어느 날 생각지도 못한 일이 일어났습니다.

"이상하네."

평화로운 소설이네 집으로 어느 날 불길한 불씨 하나가 날아들었습니다. 마당이 뭔가 달라진 것 같았습니다. 보온밥통도 쇠스랑도 숟가락, 젓가락도 원래 있던 위치에 있는 것 같지 않았습니다. 소설이네도 평소와는 다른 모습을 보였습니다. 나를 보면 반가워하면서도 불안스러워하는 행동을 언뜻언뜻 보였습니다.

한 이틀 의심을 하다가 지나친 생각이다 싶어 경계를 풀었습니다. 소설 작업도 막바지에 다다라 많은 집중이 필요했습니다. 그래서 밥만 주고 작업실로 들어가 글에만 매달렸습니다.

며칠 후 아침에 작업실로 나왔다가 모골이 송연해졌습니다. 언덕에 있어야 할 소설이가 보이지 않았습니다. 힘차게 달려와야 할 아이들의 몸짓도 없었습니다. 갑자기 폐허의 집에서 서늘한 기운이 흘러나와 주춤했습니다. 골짜기를 타고 오르는 거친 비바람의 섬뜩한 소리가 이명처럼 머릿속을 울려대 몸을 움츠렸습니다.

"단편아! 장편아! 소설아!"

큰 소리로 아이들을 불렀습니다. 무성한 은행나무 잎들이 사시나무 떨듯 우수수 흔들렸습니다. 무엇인가 뒷덜미를 콱 잡아채서 멈칫했습니다. 장편이와 단편이가 언덕길을 달려오는 속도보다 빠르게 초조감이 두 어깨를 짓눌렀습니다.

'무슨 일이 생겼구나!'

덜컥 내려앉는 불안을 내치며 언덕길을 올랐습니다. 아무리 불러도 반기는 소리가 없자 불안은 점점 커졌습니다. 폐가 마당 위에 올라섰습니다. 소설이네 가족의 발자국과 낯선 사람의 발자국이 땅에 처박힌 그릇들을 이리저리 흩어놨습니다. 밥그릇 옆에 단편이가 쓰러져 있었습니다. 그 순간, 심장이 쿵 하고 떨어져 내렸습니다.

"단편아!"

단편이의 입에서 하얀 거품이 흥건히 흘러나와 있었습니다. 까맣게 반짝거리던 눈동자가 두려움으로 떨며 닫히고 있었습니다. 실안개처럼 가느다란 숨이 꺼지고 있었습니다. 엎어진 밥그릇과 사방에 흩어져 있는 사료를 보는 순간, 누군가가 독약을 탔다는 끔찍한 생각이 머리카락을 쭈뼛 세웠습니다.

슬퍼할 겨를도 없이 사방을 둘러보며 장편이와 소설이를 불렀습니다. 집 주변을 돌고 산으로 올라가면서 애타게 불렀습니다. 몸을 스치는 나뭇가지와 풀잎 소리가 피가 돋도록 살갗을 그어댔습니다. 무슨 소리가 들리는 듯해서 가만히 멈추면 거친 내 숨소리만 들려왔습니다.

막막해진 마음으로 단편이가 있는 곳으로 다시 뛰어갔습니다. 단편이의 숨이 멎어있었습니다. 다 감지 못한 예쁜 눈이 눈물에 젖어 있었습니다.

"어떤 놈이야?"

나는 밥그릇을 있는 힘껏 발로 차며 울부짖었습니다.

"어떤 새끼냐고!"

몸이 부들부들 떨리고 눈물이 솟구쳤습니다.

"미안하다, 미안해."

단편이를 품고 주저앉은 채 오열을 했습니다. 단편의 몸에 남아 있는 온기가 내 살을 후벼 파며 함께 울었습니다. 아이들을 돌보지 못했다는 자괴감으로 가슴이 미어졌습니다. 넋이 나간 사람처럼 휘청거리며 단편이를 안고 작업실 뒤로 올라갔습니다.

오동나무 밑 보드라운 흙을 손으로 파는데 또다시 눈물이 터졌습니다. 온몸에서 살의가 독처럼 피어났습니다. 분노로 치를 떨면서 단편이를 묻고 돌아왔습니다. 폐가를 떠나지 못하고 한참을 앉아 있었으나 아이들의 기척은 없었습니다.

'누가 그랬을까? 왜 그랬을까?'

고라니를 싫어하는 농부들이 떠올랐습니다. 밭을 망쳐놓기 때문에 농부들은 어쩔 수 없이 고라니를 미워합니다. 그처럼 밭을 밟고 흩어놓는 떠돌이 개도 싫어합니다.
'개 삽니다, 염소 삽니다!'
시골길 곳곳을 울려대던 개장수의 확성기 소리까지 떠올라 소스라치게 놀랐습니다.

무서운 생각에 휩싸여 인근 마을을 이리저리 돌아다녔습니다. 지치도록 다녀도 흔적조차 보이지 않아 맥이 탁 풀렸습니다. 함부로 누군가를 의심하는 것도 싫었습니다. 모두 내 탓 같았습니다. 의심의 눈이 생겼을 때 충분히 더 생각해 보고 대처하지 못한 내 탓이었습니다.

 쓰러질 것 같이 탈진한 몸을 이끌고 작업실로 돌아와 깜박 잠이 들었습니다. 꿈인 듯 생시인 듯 어디선가 개 짖는 소리에 눈을 떴습니다. 작업실 밖은 어두워져 있었습니다. 폐가로 올라가 봤습니다. 버려진 것들이 어둠에 잠겨 보이지 않았습니다.

 목구멍 깊이 박힌 가시 같은 슬픔에 잠겨 있을 때, 개 짖는 소리가 다시 들려왔습니다. 환청인가 싶어서 귀를 쫑긋 세웠습니다. 고막을 울리며 분명히 개 짖는 소리가 들렸습니다. 메아리를 남기는 목소리가 슬픔에 젖어 있었습니다.

"소설아!"

소설이라고 확신했습니다. 휴대전화 불빛을 켰습니다. 소리를 쫓아 산속으로 오르며 소설이와 장편이 이름을 계속 불러 댔습니다. 하지만 다가갈수록 개 짖는 소리가 멀리 달아났습니다. 소설이를 안심시키려고 아저씨야, 아저씨야, 라며 애를 태웠으나 소설이의 목소리는 바람처럼 흩어져 허공으로 달아나 사라져갔습니다.

넋이 빠져 집으로 돌아왔습니다. 아내가 왜 늦었냐고 물었습니다. 참담한 얘기를 꺼낼 수 없어 작업에 몰두하다가 늦었다고 둘러댔습니다.

잠을 자고 싶었습니다. 모든 생각을 끊고 잠 속으로 빠져들고 싶었습니다. 생각도 마음도 뜻대로 되지 않아 뒤척거렸습니다. 헛된 후회가 불쑥불쑥 솟아났습니다. 작업실 옆에다 소설이네 집을 만들어주지 못한 게 너무나 한탄스러웠습니다.

소설이 때문이었습니다. 아침이면 떠나버린 전 주인을 언덕 위에서 기다리는 소설이의 마음을 알았기에 집을 바꿔주기 어려웠습니다. 그래도 강아지들만이라도 데리고 와서 주인이 있다는 걸 확실하게 알려야 했습니다.

소복소복 쌓이는 어둠처럼 형체도 없는 후회가 꼬리를 물었습니다. 단편이의 숨이 넘어가던 모습이 뇌리에 박혀 애끓는 한숨이 멈추질 않았습니다. 새벽녘에 깜빡 잠들었다가 눈을 떴을 때 눈앞에서 장편이와 소설이가 아른거렸습니다. 혹시라도 애들이 돌아와 있을지도 모른다는 생각에 아침도 거르고 작업실로 향했습니다.

장마를 예고하듯 먹구름이 바람을 타고 흡니다. 부론강이 서럽게 흐르고 숲과 나뭇잎들도 애달프게 몸을 흔듭니다. 뱃가죽이 등에 붙은 것처럼 기운이 하나도 없었습니다. 한 줄기 빛을 붙잡고 부랴부랴 작업실로 차를 몰았습니다.

작업실 입구에 멈춰 폐가 언덕을 쳐다보았습니다. 소설이는 보이지 않았습니다. 일말의 기대조차 꺾이자 고개를 떨궜습니다. 할 수 없이 작업실로 차를 움직였습니다. 그때 앞창으로 무엇인가가 보였습니다. 작업실 현관 앞에서 새까만 강아지가 껑충껑충 달려오고 있었습니다. 장편이었습니다. 반갑다 못해 놀라워 차를 세운 뒤 황급히 밖으로 나갔습니다. 달려오는 장편이를 안으려고 뛰어갔으나 나를 보지도 않고 질주하듯 앞으로 달려갔습니다.

"장편아!"

장편이가 스치며 일으킨 바람이 섬뜩했습니다. 소리쳐 불러도 정신없이 꼬리를 흔들며 멀어져갔습니다. 장편이를 쫓아서 달렸습니다. 짙어 가는 먹구름이 거센 바람을 타고 법천사지로 밀려들었습니다. 향나무가 있는 곳을 지나 주춧돌을 밟아가며 금당터 위로 올라선 장편이가 뒤를 돌아봤습니다.

나와 눈이 마주친 장편이의 눈빛이 절박했습니다. 장편이는 다시 느티나무 쪽으로 몸을 돌려 뛰어갔습니다. 그 순간 벼락을 맞은 것처럼 어떤 예감이 온몸에 경련을 일으켰습니다. 느티나무에 다다른 장편이가 미친 듯이 짖어대기 시작했습니다. 느티나무로 가까이 다가가자 흰빛이 보였습니다. 땅속으로 꺼져 내리는 발을 간신히 붙들고 한 발자국씩 다가갔습니다. 입구에 서 있는 장편이의 울음이 더욱 처절해졌습니다.

소설이가 폐허의 집 언덕에서처럼 느티나무 안에 납작 엎드려 있었습니다. 비 오듯이 땀이 흐르고 숨이 턱 막혔습니다. 정신이 달아나고 현기증이 일어 비틀거렸습니다. 마음이 갈피를 못 잡고 넋이 달아났습니다. 풀썩 주저앉은 채 흙이 잔뜩 묻은 소설이 배 밑으로 손을 넣었습니다. 생의 온기가 사라져 싸늘해진 소설이의 몸이 썩은 나무토막처럼 말라 있었습니다.

소설이의 머리를 쓰다듬었습니다. 고요하게 감긴 눈 밑으로 평온하게 다물어진 입을 보자 주체할 수 없는 눈물이 흘러나왔습니다. 소설이의 하얀 털이 한 올

한 올 날아올라 눈물에 얽혔습니다. 느티나무 텅 빈 속이 흰빛으로 가득 채워졌습니다. 만물의 어미들이 품고 있는 한없이 깊은 사랑의 빛이 소설이의 몸에서 돋아나고 있었습니다.

온몸의 실핏줄이 터질 것 같이 요동쳤습니다. 지난밤 소설이는 내가 부르는 소리까지 외면하고 구원의 빛을 찾아서 여기까지 온 것 같았습니다. 모진 풍파를 이겨낸 느티나무의 힘을 장편이에게 불어넣어달라는 간절한 소망으로 죽을힘을 다해 여기까지 온 것 같았습니다. 소설이가 흘렸을 눈물 소리가 수많은 느티나무 잎에 매달려 애처롭게 떨고 있었습니다.

소설이를 가슴에 안고 걸었습니다. 뻣뻣하게 굳은 소설이의 시신이 내 몸까지 차갑게 식혀버렸습니다. 뒤쫓는 장편이의 입도 닫혀버렸습니다. 고개 숙인 장편이의 걸음이 생기를 잃고 비척거렸습니다.

삽을 챙겨 작업실 뒤로 올라갔습니다. 걸음이 천근만근 무거워 질질 끌렸습니다. 소설이의 얼굴은 여전히 고요해 보였습니다. 소설이를 가슴 깊이 끌어안고 얼굴에 뺨을 맞대며 마지막 인사를 나눴습니다.

"모든 걱정 다 내려놓고 편안하게 쉬렴."
"소설아… 소설아…"

단편이가 잠들어 있는 오동나무 밑에 소설이를 내려놓고 흙을 거둬냈습니다. 이빨을 꽉 문 채 고통으로 일그러져 있는 단편이를 소설이 품에 안겨놓고 흙을 다시 덮었습니다. 바람이 진저리를 치며 애처롭게 숲을 흔들었습니다. 황톳빛 봉분도 피눈물처럼 붉어졌습니다.

장편이를 안고 작업실로 내려와 차에 태웠습니다. 장편이는 지칠 대로 지쳐 눈을 감은 채 축 늘어져 있었습니다. 집으로 돌아오자 빗방울이 조금씩 떨어져 내렸습니다. 거칠어진 바람을 몰고 오는 장맛비였습니다. 천둥소리가 먹구름을 찢고 굵은 빗방울이 세상을 후려치기 시작했습니다.

더 넓은 세상으로

법천사지 위로 천년의 시간이 흐르고 있습니다. 절도 잃고 승려의 발길도 끊겨 적막합니다. 인간의 욕망으로 세우고 탐욕으로 쓰러트린 허망한 절터에 주춧돌만 흉터로 남아 있습니다.

상처로 뭉친 폐사지가 몸을 낮추라 하고, 마음을 비우라고 합니다. 역경의 세월을 건너온 느티나무의 텅 빈 몸속처럼 폐사지의 허공엔 생명을 살리는 기운이 넘쳐납니다.

도시에서 길을 잃은 바람들이 찾아와 숨을 쉽니다. 험난한 숲을 헤치며 날아온 상처 입은 바람들도 들어와 휴식을 취합니다. 바람에 묻어온 인간의 탐심이 텅 빈 허공을 만나자 갈피를 못 잡고 있습니다. 서로를 짓누르던 이기심이 부릴 곳이 없자 허둥거립니다.

햇살을 머금은 들풀이 바람의 메마른 손을 잡아줍니다. 사람 사이에서 떠돌던 거친 모래바람이 먼지처럼 날아갑니다. 물욕을 채우기 위해 부릅뜬 눈도 평온해집니다.

삶을 찾아 헤매며 강바닥처럼 켜켜이 쌓아온 한숨이 터집니다. 허탈하고 외롭고 그리워 죽을 것 같은 심정이 폐사지 품에 안겨 눈물을 흘립니다.

 바람이 서로 껴안고 햇살이 스미어 반짝거립니다. 황폐해진 마음이 폐사지 안에서 생명의 온기를 얻고 있었습니다.

 아기 볼살 같은 장편이의 엉덩이를 툭 치자 재빠르게 무릎에서 내려옵니다. 눈치가 영특한 동자승 같습니다. 상념에 젖은 몸을 일으켜 탑비를 바라봅니다. 고난의 세월을 이겨온 탑비의 몸엔 상처가 많습니다. 깨지고 금이 가고 비석의 글씨는 흐려졌으나 여전히 의연합니다. 용머리 범선의 돛대처럼 힘차게 서서 모진 세월을 뚫고 나아갈 듯 의기양양했습니다.

 탑이 제자리로 돌아온다는 것을 알고 있는 듯했습니다. 뿌리째 뽑혀 백 년의 세월이 지나도록 유배를 당한 탑이 돌아온다며 기뻐하고 있었습니다.

유려하고 아름다운 탑이 장엄하게 서 있을 모습을 상상하니 가슴이 벅찹니다. 모든 사람이 미륵의 가르침을 깨달아 서로를 위하는 평등 세상이 오기를 염원했던 지광국사의 숭고한 영혼이 법천사의 하늘에 가득 차오릅니다.

　탑비에 절을 올리고 내려갑니다. 장편이도 옆에서 내려갑니다. 느티나무가 보이자 장편이의 고개가 꺾어집니다. 마을로 들어가면 여전히 사람을 피하고 집 앞에 앉아 하염없이 앞산만 바라봅니다.

　겹꽃처럼 초록산 위로 구름 꽃이 피어납니다. 뭉게구름 위에 하나의 구름이 올라오며 눈부신 구름 꽃밭이 만들어지고 있습니다. 단편이를 품고 하늘로 올라간 소설이의 모습을 닮았습니다. 한 고승의 말씀대로, 구름이 비가 되고, 처마 밑의 물방울이 되고, 흐르는 물이 되어 늘 만나는 것처럼 그들의 영혼도 언제나 곁에서 숨을 쉬고 있습니다.

길가에는 늦가을 코스모스가 한들거립니다. 탑이 돌아올 즈음 장편이의 아픔이 치유되기를 소망해 봅니다. 바람이 일렁입니다. 드넓은 풀밭 위로 티끌조차 없는 바람이 불어옵니다.

　"장편아, 달려!"

　내가 뛰자 장편이도 뛰기 시작했습니다. 법천사지의 풀도, 나뭇잎들도, 가을 하늘도, 꽃구름도, 바람도 달렸습니다. 존재하는 모든 것들이 서로의 사랑을 품고 법천사지의 개울을 따라 강으로 흘렀습니다.
　법천法泉의 하늘이 깊고 푸르게 열리고 있었습니다.

작가의 말

　이 소설의 내용은 대부분 실화입니다. 삼 년 전 법천사지 작가의 집에 처음 들어갔을 때 겪었던 일이죠. 진보 생활문예지 『삶이 보이는 창』 올해 여름호에 실었던 글을 새롭게 소설로 다시 쓴 것입니다.

　글도 인연이 있어야 쓰게 되지만 사람과 사물을 올바르게 바라보지 못하면 제대로 된 글이 나오지 않는 것 같습니다. 잡지에 실린 글을 한 온라인 미디어에 올렸던 그날 밤 기이한 경험을 했습니다.
　밤 12시쯤 자다 깼을 때, 소설이네 식구가 법천사지를 돌아다니는 게 환영처럼 보였던 것이죠. 폐가에서 나온 소설이네가 탑비를 돌아 느티나무로 가는 모습이 반복해서 눈앞에 나타났습니다.

　잠에서는 깼으나 눈을 뜰 수가 없었습니다. 환영을 보면서 먼저 썼던 소설이네 이야기가 몹시 잘못됐다는 사실을 깨달았습니다. 잡지사 원고청탁 마감일을 넘겨서야 허겁지겁 써서 보낸 게 마음에 걸렸는데, 법천사지가 꾸짖는 소리가 들려왔습니다.

'한쪽 눈만 뜬 채 잔재주로 글을 썼구나!'

　그날 새벽녘이 될 때까지 비몽사몽 법천사지를 거닐었습니다. 소설이네 가족이 겪은 고통과 법천사지 천년의 세월이 맞닿아 많은 생각이 몰려왔습니다. 그 생각을 모아서 그날 아침부터 동화 같은 소설을 새로 쓰기 시작했습니다.

　글을 마치면서 소설이네 가족이 하늘나라에서 편안하기를 기도드렸습니다. 생명의 존귀함을 깊이 깨닫게 해 준 법천사지에도 경배를 드렸습니다. 이미 부처가 된 느티나무에게도 큰절을 올리고 지광국사의 염원이 이루어지기를 소망하며 드넓은 법천사지를 탑돌이 하듯 다시 또 돌았습니다.

  이 소설을 쓰는 동안 폐사지인 법천사지로부터 많은 가르침을 받았습니다. 인성이 황폐해져만 가는 시대에 들려주는 생명의 교훈을 말입니다.
  따라서 이 이야기는 법천사지 자신이 쓴 것이라고도 말할 수 있습니다. 법천사지가 베풀어 주는 이 순결한 말씀이 세상 속 탁한 마음을 씻어내는 작은 오솔길이 되기를 바랍니다.

법천사지 '부론 작가의 집'에서
이인휘

달려라 장편아
이인휘 동화소설

초판 1쇄 인쇄 2022년 10월 10일
초판 1쇄 발행 2022년 10월 15일

지 은 이 | 이인휘
펴 낸 이 | 윤중목
펴 낸 곳 | ㈜도서출판 목선재

책임편집 | 흰눈이
그 림 | 조 은
디 자 인 | 신유민

등 록 | 제2014-000192호 (2014년 12월 26일)
주 소 | 서울시 중구 필동2가 25 중앙빌딩 401호
         문화법인 목선재
전 화 | 02-2266-2296
팩 스 | 02-6499-2209
홈페이지 | www.msj.kr

ISBN   979-11-976611-4-3   43810

* 이 책의 판권은 ㈜도서출판 목선재에 있습니다.
* 본사의 허락이나 동의 없이 무단 전재 및 복제를 금합니다.
* 잘못 만들어진 책은 바꾸어 드립니다.